HOMMAGE

A LA

BIENVEILLANCE

Hougo

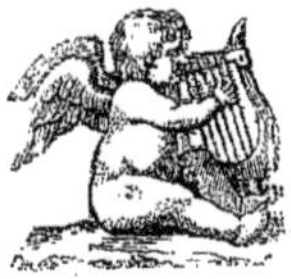

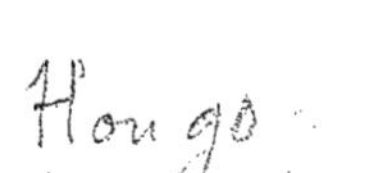

LES TROIS

CHANTS DU CYGNE

D'UN

PAUVRE POÊTE

Le pélican renaît quand il se mord le flanc
Pour nourrir ses petits de son plus noble sang ;
Le cygne, lorsqu'il meurt, chante ainsi qu'un poête ;
Le phénix, c'est le chantre : il brûle et meurt prophète.

<table>
<tr><td>IMPRIMERIE SCHILLER
10, rue du Faubourg-Montmartre</td><td>PARIS 1868
18, rue et hôtel Rossini</td></tr>
</table>

1867

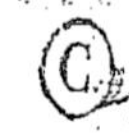

LES TROIS

CHANTS DU CYGNE

OFFERTS

AUX DEUX

ANGES COURONNÉES

RESPECTUEUSEMENT

PAR

CHARLES HOUGO

A SA MAJESTÉ

L'IMPÉRATRICE EUGÉNIE

SÉRAPHIN

Ange deux fois sublime, en ta noble beauté
Qui charme les mortels, ta couronne est parfaite
Par la beauté de l'âme, et c'est la Charité
Dont le charme fera le bonheur du poête.

CHÉRUBIN

Chantre des nations, mets ton sort dans la main
De la plus haute Dame, et, comme la rosée
Tombe du haut du ciel sur le brûlant terrain,
Sa grâce descendra sur ton âme épuisée.

SÉRAPHIN à CHÉRUBIN

Bénissons les efforts de notre auguste Sœur,
Pour rapporter aux cieux sa bonté sans pareille
Qui, rendant cher son Fils et clément l'Empereur,
Relève du néant

l'auteur de la *Merveille.*

A SA MAJESTÉ

L'IMPÉRATRICE ÉLISABETH

REINE DE HONGRIE

Weh dem Dichter, den die Musen nähren,
Der mit Geistern um die Krone ringt
Und aus wunder Brust von Freiheit singt,
Während Sorgen ihm das Mark verzehren.

So sang ich, leider, vor zwanzig mühseligen Jahren;
So sing' ich heute nach zwanzig ruhmseligen Siegen;
So hab' ich Grossen und Kleinen genüzt, und erfahren :
Wer blos für Andere denkt, muss den Sorgen erliegen !

Drum leg' ich endlich mein Schickal getrost in die Hand
Der himmelnahen voll Anmuth Duchlauchtigsten Frau,
Dass Engelshuld — wie der Himmel dem dürftigen Land —
Den Dunst des Kummers auflös' in wohlthätigen Thau

dem Sänger des *Ungarkönigs*.

HYMNE DU COURONNEMENT

A PESTH

KORONÁZÁSI SZÓZAT

A nap felkél , sugárai ragyógnak ,
A föld magára ölt fény diszruhát.
A, nap mosolyg, az emberek zajongnak :
Egy nemzet ünnepélni jött napját.

A nép jön Erted , a király napjára,
S mindenki más örömhangot kiált,
Szemében fény mint a remény sugára :
Fiam , nézd! Lásd , leányom, a királyt!

Csekély az érdem ám , hogy örökölte
A legszebb országot s a koronát!
Számos bajok után megérdemelte ,
Midőn kibékiti e nagy hazát.

Erélyes lantom ünneplő varázsa
Szerény, oly lelkes osszhangzás mellett;
De ihletésem szentelő forrása
Tolúl ma lelkesitni hős melled.

Meghalt Mátyás! Ha lelke előképed,
Elméddel újra él az igazság;
S ha néked kedves úgy mint hü lesz néped,
E nemzet annyit ér mint a világ.

Trónod, Királyom, állandóságából,
Mikor hajolsz e néphez, mit sem veszt;
Ugy mint szent koronánk tetőpontjától
Az ékkővekhez hajlik a Kereszt.

Nyakas csikó, nemes pedig fogalma;
Az irigy sem tagadja! hát szeresd,
Szilárd ugy mint fogékony sziv hatalma;
De sok hiányzik még : tehát vezesd!

Mi szép a jótevő, szebb még honunkban
Az úr, ki megbecsüli a magyart,
E nagybecsü gyöngyöt romlott korunkban
Melyet az önkény annyira zavart.

A nemzet nyujt érczkebleket urának
Mint pajzsokat; de bátran rajtok állj!
Mert millió magyar, hü a hazának,
Kiáltja : Èljen a dicsö király!

S mivel mindig láttam hogy óhajtásom,
A nap gyanánt, érlelt gyümölcsöket,
Megáldlak, o Királyom! igy áldásom
Hazámnak fog szerezni üdvöket.

Hozzád, Királynénk, im a jós őrhangja
Most szól; hozzád kit már a nép szeret;
De koronázva légy tovább őranyja,
S. fajodban fog becsülni tégédet.

HÚGO KÁROLY.

II

POÈME DE RECEPTION

A SALZBOURG

SALUT A L'EMPEREUR

A L'OCCASION DE LA SAINT

NAPOLÉON

Das Bild der Zukunft wird klar, sobald Dein Fuss
Die Erde Oestreichs betritt mit Trostgedanken.
Aus ernstem Busen erklingt darum mein Gruss —
Nicht Dich zu preisen — wol aber Dir heiss zu danken.

Ein klarer Himmel das Fest der Künste umfasst .
Rings bis zum Norden, wo dunkle Massen sich bergen;
Europa's heitere Stirne doch erblasst,
Denn Unheil brütet die Zukunft hinter den Bergen.

Gewitter rollen um's trübe Firmament,
Und Blitze zucken auf Blitze nach allen Seiten :
Ein lang verhaltenes Feuerelement
Will über alle Gefilde verheerend sich breiten.

Weh', wenn im Aufruhr die ganze Erde steht,
Wenn Leidenschaften mit aller Wuth erwachen,
Und Ein Gedanke nur durch die Menschheit weht,
Entstiegen aus des Gewaltsinns gierigem Rachen.

Das Recht verkriecht sich dann vor des Stärkern Zahn,
Der Sanfte klammert sich wild an öde Klippen,
Und alle Lande, sie flammen wie Ein Vulkan,
Und Lava strömt von des Bürgers zuckenden Lippen.

Dies Bild der Zukunf entweicht, sobald Dein Fuss
Die Erde Oestreichs betritt mit Trostgedanken;
Aus tiefem Busen erklingt darum mein Gruss —
Nicht Dich zu preisen — wohl aber heiss Dir zu danken.

Du warst der Ordnung und Ruhe sichrer Hort,
Beruhigung ist in Deinem festen Willen;
Und nun geleitet Dein Stern Dich zu dem Ort,
Wo Du der Völker Verlangen könntest erfüllen.

Dein grosser Onkel hat mit mächt'gem Stab
Des Ruhms gelähmt so die Freiheit wie den Frieden,
Und aufgeworfen die Welt zu einem Grab
An Moskaus Mauern wie an den Pyramiden.

Und seine Sendung hat er doch nicht verfehlt:
Er war der Donner, der reine Luft verbreitet,
Er hat den Erdball erschüttert und beseelt,
Und für die Freiheit die Geister nur vorbereitet.

Nun kommt der Sendung erhabner Theil an Dich,
Ja, Dir ist eines Erlösers Heil beschieden :
Du liebst zwar auch die Triumphe sicherlich,
Doch lieber zollst Du dem rühmlich errungenen Frieden.

D'rum auf, erhabener Kaiser, Muth gefasst!
Des Friedens Feinde sind stark, und gross die Wirren.
Du lächelst, ob man Dich liebt, ob man Dich hasst:
Nicht Dein beharrlicher Geist lässt je sich beirren.

Das Bild der Zukunft entweicht, sobald Dein Fuss
Die Erde Oestreichs betritt mit Trostgedanken,
Aus reinem Busen erklingt darum mein Gruss —
Nicht Dich zu preisen — wohl aber Dir heiss zu danken.

Ja, hier in Oestreich, wo man die Treue nährt,
Hier wirst Du, Kaiser von Frankreich, bald erfahren,
Dass stets der Name Napoleon verehrt —
Seit Deiner Herrschaft nicht blos — seit früheren Jahren.

Hier ruht des gallischen Cäsars theurer Sohn.
Des Habsburghauses geliebter, schöner Sprosse,
Der König von Rom, der zweite Napoleon,
Hier ruht er in dem Grabes geweihtem Schoosse.

Hier reiche über dem Grab versöhnlich die Hand
Dem hohen Vetter, Euch gegen Alles zu schützen.
In diesem einzigen längst verwandten Band
Ist auch die treueste Macht Dein Haus zu stützen.

Wie dunkel auch sich die Zukunft hüllt in Nacht,
Was auch den schwankenden Völkern sei beschieden,
Es fliesst aus Eurer verbundnen Doppelmacht
Der Völker Freiheit im allverbreiteten Frieden.

Das Bild der Zukunft erhellt, sobald Dein Fuss
Die Erde Oestreichs betrat mit Trostgedanken;
Aus heitrem Busen erklingt darum mein Gruss,
So Dich zu preisen, mehr aber noch Dir zu danken.

Carl Hugo.

Wien, 15. August 1867.

III

ODE A LA PAIX

A PARIS

SALUT A L'EMPEREUR

FRANÇOIS-JOSEPH

Salut, mon Souverain, dans cette capitale,
Où Te salue aussi l'attente générale :
Le Poète a partout le droit et le devoir
D'interpréter du Peuple et la crainte et l'espoir.

Et comme dans la ville où Mozart prit naissance
Mon chant a salué les Hôtes de la France,
Ce Couple Impérial qu'on vint glorifier,
Je Te salue au nom du peuple hospitalier !

C'est l'hospitalité qu'offrit toujours la France
Aux Vertus, au Mérite, aux Arts, à la Science :
Et comme jadis Rome accueillait le Vainqueur,
Elle étreint l'univers, dont Paris est le cœur.

Pour Ta réception, serait-ce donc merveille,
Que dans la noble France on rendît la pareille
A Ton mérite auguste et grand par la bonté
D'avoir mis, malgré tout, Ton peuple en liberté !

Salut, mon Souverain, dans cette résidence,
Où, par son Empereur, T'a bien reçu la France ;
En poète reçu de cette Nation
J'ai l'honneur de T'offrir la double ovation !

Tu viens pour célébrer la fête universelle
Du travail triomphant, cette vertu nouvelle,
Qui demande avant tout, pour sa prospérité,
Les fruits mûrs de la paix : l'Ordre et la Liberté !

Ici dort Ton grand Oncle ; en sa douce alliance,
Sa main liait aussi Ton Autriche à la France :
Sur sa tombe viens tendre à son Neveu la main,
Pour appuyer, hélas, ce faible genre humain !

Le genre humain est faible, et sa grande misère
Est menacée encor par une grande guerre :
Le trouble universel et la corruption
Tourneraient toute guerre en révolution.

Salut, mon Souverain, dans le centre du monde,
D'où part l'impulsion dont le cours nous inonde :
Le poète inspiré, sans vulgaire intérêt,
Peut seul, du sombre sort, voir le profond arrêt.

Le vulgaire intérêt !... C'est ce qui paralyse
Les esprits de ce siècle, et la guerre est sa crise,
Dont le mal décisif enfin doit éclater,
A moins qu'un grand pouvoir ne sache l'arrêter.

Tous deux dictez au monde une bien longue trève,
Et la paix éternelle est plus qu'un simple rêve :
Vos arbres grandiront dans un grand paradis :
Les deux arbres, dès lors, sont à Vienne, à Paris.

Par leurs fruits, qu'on nommait la Science et la Vie,
Renaîtront les Vertus avec la Poésie,
Qui, du bonheur réel, donne le sentiment,
Et de tout édifice est le couronnement !

Salut, chers Souverains et d'Autriche et de France !
Si le destin est fort, Votre force est immense,
Car — puisqu'avec le cœur Votre entente s'unit, —
De Vos deux nations le chantre Vous bénit.

Charles HOUGO.

Paris, le 23 octobre 1867.

SONNET

D'OUTRE-TOMBE

MOTTO

Le dévoûment prouva ma sûre loyauté,
Et l'inspiration — ma pure honnêteté.

SONNET

D'OUTRE-TOMBE

Vingt-quatre ans j'ai rêvé, semblable à ce Romain
Qu'un peuple et son tyran tournaient en moquerie,
Quand il songeait toujours à sauver sa patrie,
Dont la perversité faisait son grand chagrin.

Mais moi, d'un feu plus grand, j'ai dû, quêtant mon pain,
Chanter pour le salut, contre la barbarie
Des chefs et des sujets : sublime rêverie !
Chantre des nations, j'ai dû mourir de faim.

J'ai bravé les fureurs, uni les différends,
Elevé des petits et relevé des grands,
Nul d'eux de sa pitié ne m'a donné le signe.

Que m'importait la guerre ? à quoi me sert la paix ?
Vivez heureux sans moi ; ne m'écoutez jamais :
D'outre-tombe entendez l'écho du chant du cygne.